adelaida

Text i il·lustracions:
Marta Vicente

Una ciutat guarda moltes històries.
Aquesta va succeir no fa molt de temps,
quan la colla de Totó recorria els carrers
avorrida i sense saber què fer.

Totó i els seus amics donaven voltes i voltes pels
mateixos llocs.
Per a ells els dies passaven lents, monòtons,
un igual a l'altre.

Fins que una tarda quelcom diferent va aparèixer
en un camp obert.

S'hi acostaren amb molt de compte, intrigats per
aquelles llums de colors que titil·laven en silenci.

Totó, el més tafaner, es va animar a entrar.

—On sóc? —es preguntava.

Totó va llegir un cartell que
anunciava el Màgic Rampur.
Tenia una mica de por,
però va continuar caminant.
Escoltà veus darrere del teló
i hi va anar a guaitar, intentant
que no el descobrissin.
El màgic i la seva ajudanta,
l'Adelaida, assajaven la funció
d'aquella nit.

—Què bonica és! —va pensar
Totó en veure l'Adelaida.

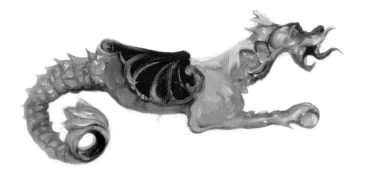

Des d'aquella tarda la vida
de Totó fou totalment diferent.
Només pensava en l'Adelaida,
somiava en l'Adelaida,
respirava Adelaida:
n'estava bojament enamorat!

Per descomptat, aquella mateixa nit Totó i els
seus amics van anar a veure la funció.
Els trucs del Màgic Rampur eren fantàstics,
però Totó només tenia ulls per a l'Adelaida.
—És una estrella! —pensava fascinat.

Totes les nits, la colla s'asseia a primera fila
per a veure la funció de màgia, mentre Totó es
desfeia d'amor per l'Adelaida.
—És que quan t'enamores et tornes mig babau
—comentaven els amics de Totó.

A l'Adelaida no li va
passar inadvertida
la insistent presència
del distingit grup,
ni la mirada especial
de Totó.
Aquella mateixa nit
els va convidar a veure
els seus assajos, i així
van poder admirar
en privat alguns trucs
nous.

Però algú més els
mirava, i no pas amb
bons ulls.

Rampur era un gran mag,
però era gelós i roí com
una aranya verinosa.
Tenia por que la seva ajudanta
revelés els seus trucs més
secrets a la seva nova colla
d'amics, i aquella nit,
emparat per les ombres,
va tancar l'Adelaida en el
seu carretó.

Tranquil perquè la seva
ajudanta restava presonera
i els seus trucs sans i
estalvis, se'n va anar amb
sigil, xiulant baixet.

Totó, que havia anat a
buscar l'Adelaida disposat
a declarar-li la seva estima,
el va veure allunyar-se.

Totó va trucar dues vegades a la porta. No res.
Només s'escoltaven els batecs del seu cor. Va tractar
d'obrir la porta, però un enorme cadenat li ho impedia.
—Això em fa mala olor —va pensar mentre mirava
per una finestreta.

I en veure l'Adelaida tancada, tan trista, es va desesperar.

—Adelaida, Adelaida, sóc jo, Totó —va cridar en veu baixa.

Ella li va explicar que el màgic la tenia presonera.

Totó no aconseguia obrir la porta i tenia por que
el màgic arribés en qualsevol moment.
Aleshores demanà ajuda als seus companys
i, traient forces d'on no en tenien, van empènyer
el carro lluny d'allí.

—Les coses que un ha de fer quan s'enamora!
—deien els amics de Totó.

Encara no havien passat
ni cinc minuts quan va
tornar Rampur i va
descobrir que el carretó
i l'Adelaida no estaven on
els havia deixat.
Es va posar furiós! Maleïa
i donava cops de peu a
tot allò que es posava en
el seu camí.

Boig del tot, va començar
a botar foc als cartells,
als telons, a la vela sencera!

L'incendi s'ho va engolir tot com una bèstia voraç.

Aquesta és l'última notícia que tenim del Màgic Rampur.

A uns quants quilòmetres d'allí els nostres amics
van veure les flames.

—Què deu haver passat? —es preguntaven sorpresos.

L'Adelaida, Totó i la seva colla arribaren al lloc
de l'incendi. Només hi restaven cendres fumejants
com a testimonis muts del que havia estat el teatre
ambulant. Quina amargor que sentien!

Amb l'Adelaida al capdavant,
van decidir que «l'espectacle
havia de continuar».
La colla va treballar com mai
no ho havia fet (cal dir que,
de fet, era el primer cop que
treballaven).
Tots van pintar, van serrar,
van clavar i, en menys d'una
setmana, inauguraren el nou
teatre ambulant.

Poc després l'Adelaida i els seus companys
van sortir de gira. Si algun dia passen per on viviu
vosaltres, no deixeu d'anar a veure el seu espectacle
de màgia. És molt bo!

Els nostres amics visqueren junts moltes aventures...
Però aquestes històries les explicarem un altre dia.

Marta Vicente

Va néixer a Mendoza, Argentina.
El 1981 es llicencià a la Facultad de Artes de la Universidad
Nacional de Cuyo. S'ha dedicat a la pintura i al gravat, i ha rebut
diversos guardons. Ha realitzat nombroses mostres individuals en museus
i galeries de l'Argentina, Xile i Alemanya. Marta Vicente és autora de
diversos llibres per a nens. L'any 2003, el Fondo de Cultura Económica
de Mèxic li atorgà el premi "A la orilla del viento" per la seva
tasca com a il·lustradora. Actualment viu i
treballa a Buenos Aires.

Títol original: Adelaida

2005, del text i de les il·lustracions: Marta Vicente

2005, d'aquesta edició:
Brosquil edicions - Valencia / www.brosquiledicions.es
albur producciones editoriales - Barcelona / www.albur-libros.com
La Panoplia Export - Madrid / www.panopliadelibros.com

Traducció: Manel Alonso / Assessorament lingüístic: Agustí Peiró
Edició: Mireia Calafell

Aquest llibre és una realització d'albur producciones editoriales s.l.

Director editorial: Fernando Diego García / Director d'art: Sebastián García Schnetzer

Primera edició: novembre del 2005

ISBN Brosquil: 84-9795-194-8
ISBN Albur: 84-96509-12-5

Printed in China by South China Printing Co. Ltd.